EN L'AIR

PAUL GAUTIER

EN L'AIR

SCÈNE POUR MARIONNETTES,
EN DEUX TABLEAUX,
EN VERS

Représentée, le 9 juin, à la soirée du Bâtonnier, Salle Franklin.

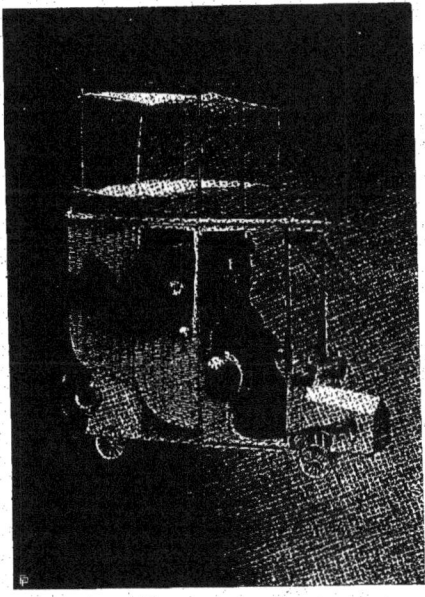

IMPRIMERIE G. GOUNOUILHOU, RUE GUIRAUDE, 9-11, BORDEAUX

M DCCCCIX

Poème de :

M° Paul GAUTIER

Marionnettes et accessoires de :

M° Maurice MEAUDRE DE LAPOUYADE

Théâtre et décors de :

M° Jacques ALAUZE

A MAITRE ROY DE CLOTTE

BATONNIER DE L'ORDRE DES AVOCATS

EN TÉMOIGNAGE

De notre respectueuse et reconnaissante affection

Paul GAUTIER

Maurice MEAUDRE de LAPOUYADE

Jacques ALAUZE

9 Juin 1909.

Ces vers, accueillez-les comme d'humbles amis,
En songeant que du temps ils défieraient l'outrage
Si, les faisant pour vous, il m'eût été permis
De mettre autant d'esprit que de cœur à l'ouvrage.

P. G.

PERSONNAGES

Le Bâtonnier.

Yves $\Big\}$ secrétaires du Bâtonnier.
Yvette

Jean, concierge du Bâtonnier.

Félix
Chochotte $\Big\}$ clients.
Chauffeurs.

La scène se passe chez le Bâtonnier, sur la terrasse d'une tour, en l'an 2000.

~~~~~~~~

DISTRIBUTION

RÉCITANTS		MACHINISTES	
Le Bâtonnier. . . .	MM⁰ˢ G. Forsans.	MM⁰ˢ	Ch. Boubès.
Yves	P. Gautier.		P. Gautier.
Yvette.	P. Duthil.		J. Alauze.
Jean	G. Fabre.		M. Meaudre de Lapouyade.
Félix	A. Auschitzky.		F. Astre et E. Arostéguy.
Chochotte.	F. Astre.		Ch. Boubès et H. Bono.
Chauffeurs.	G. Fabre.		M. Meaudre de Lapouyade.

Aéroplane. . . . . E. de Sèze.

EN L'AIR

PREMIER TABLEAU

La scène représente une terrasse, au sommet d'une tour.

Au fond, au milieu de la balustrade qui enclot la terrasse de toutes parts, une porte donnant sur le vide. Au premier plan, à droite, une cage d'ascenseur s'ouvrant de profil sur la scène, avec téléphone. A gauche, au second plan, un oranger en caisse; du même côté, tout le long et en contre-bas de la tour, toits et cheminées qui fument. Au loin, l'azur matinal d'un ciel de printemps.

Au lever du rideau, la scène est vide. On entend sonner huit heures aux quatre coins de l'horizon.

SCÈNE I

JEAN

JEAN, *invisible dans l'ascenseur.*

Voilà, voilà, voilà!... Cinq, six, sept, huit... Assez!

Une dernière cloche sonne huit heures. Jean, toujours invisible, comptant les derniers coups.

Oui, j'entends... Cinq, six, sept,

Il paraît, sortant de l'ascenseur.

Huit heures!... Je le sais.
Et c'est, de l'aube au soir, le même tintamarre,
Et, du soir au matin, sans que ça désempare!

Quels besoins les clochers ont-ils, en même temps,
De sonner la même heure à grands coups de battants?
Les cloches, c'était bon quand on vivait sur terre,
Mais on les devrait bien à la fin faire taire
Ou mettre une sourdine à leurs timbres trop clairs,
Maintenant qu'on s'est mis à vivre dans les airs !

On entend au loin des bruits de sirènes, de trompes, de sifflets.

Comment, avec cela, n'avoir pas de migraines?
Entendez-vous? Après les cloches, les sirènes,
Les trompes, les sifflets et cent appels divers,
A vous mettre la tête et le cœur à l'envers!

Il remonte vers la balustrade et regarde le ciel où passent, loin et très haut, des aéroplanes.

En voilà des oiseaux! De leurs ailes de toiles
Ils voileront bientôt la Lune, les étoiles
Et le Soleil. Et moi, j'attends sur mon perchoir
Que l'un d'eux à mes pieds daigne se laisser choir.

Il revient au premier plan.

Chaque soir aujourd'hui, le diable me bénisse,
On va jouer son bridge ou sa manille à Nice,
Comme on l'aurait jadis fait au « Petit Fresquet ».
C'était pourtant moins loin et tout aussi coquet.
Grâce aux engins volants que Belzébuth fabrique,
On déjeune en Europe, on dîne en Amérique.
On dîne! Qu'ai-je dit? Pouah! on ne mange plus;
Le boire et le manger sont besoins superflus.
Dût-on gagner au jeu la maigreur d'un squelette,
On n'avale, deux fois par jour, qu'une boulette.
On fait du jour la nuit et de la nuit le jour,
Et l'on a tout changé, tout, tout, même l'amour!...

Beaux temps où l'on ne voit que choses sangrenues
Et que gens éventés qui vous tombent des nues!

Sur ces derniers mots on entend un brusque appel de !trompe et un aéroplane vient se ranger devant la porte de la balustrade. Yvette en descend vêtue d'une robe d'avocat, une toque fixée par une grande épingle dans les cheveux.

SCÈNE II

JEAN, YVETTE

YVETTE, *qui a entendu les derniers mots de Jean.*

Et j'en tombe!

JEAN

Oh! pardon!... je disais...

YVETTE

Me voici.
Ouf! j'arrive de Nice en aéro-taxi.

JEAN

Ah! de Nice... C'est loin?

YVETTE

A vol d'aéroplane,
Exactement huit cent vingt-sept milles.

JEAN

Sans *panne?*

YVETTE

Sans *panne*, sans quitter l'air ni toucher le sol;
En nageant dans ce bleu que l'on voit, d'un seul vol.

JEAN

Mademoiselle Yvette!... Et ce trajet demande?...

YVETTE

Juste le temps qu'il faut pour que l'on recommande
Sa petite âme à la grosse boule d'en bas.

JEAN

Oh! oui. Si l'on tombait!

YVETTE

             Mais on ne tombe pas.
Et l'on fend l'impalpable élément qui vous berce,
De Paris à Madrid, de Madrid à la Perse,
De la Perse au Japon...

JEAN

            Faut pas avoir le trac!

YVETTE, *poursuivant son idée*

Et s'il plaît, du Japon lui-même...

JEAN

           A Cadillac!

YVETTE

Vous, vous serez toujours au progrès réfractaire
Et planté sans espoir comme une rave en terre.
Le Patron est-il là?

JEAN

Dans son cabinet, oui.

YVETTE

J'y cours.

Elle pénètre dans l'ascenseur qui descend.

SCÈNE III

JEAN

JEAN

Son petit cœur est tout épanoui,
Comme la lune dont elle frôla les cornes
En traversant, la nuit, les espaces sans bornes.
Il leur plaît de risquer de se casser le cou
En voisinant avec Phébus; chacun son goût.
Moi, qui n'ai nul désir d'y griller mes moustaches,
Je demeure fidèle au vieux plancher des vaches.

On entend une sirène, puis un appel de trompe. Un aéroplane vient se ranger le long de la balustrade. Yves en descend. Il est vêtu d'une robe d'avocat où est épinglé un bouquet de violettes.

SCÈNE IV

JEAN, YVES

JEAN, *à part.*

Maître Yves maintenant.

YVES, *s'avançant sur la terrasse.*

On va bien, ce matin?

JEAN, *grincheux.*

Oui, oui, mais éventé.

YVES

Ça rafraîchit le teint.

JEAN

Et Monsieur va-t-il bien lui-même?

YVES

Comme un charme.

Montrant son bouquet de violettes.

Tiens, je viens de Venise et j'ai fait halte à Parme
Pour cueillir dans un champ ce bouquet, de ma main.

JEAN, *plongeant son nez dans les violettes.*

Hum! Comme ça sent bon!

YVES

Le long de mon chemin,
Le ciel, de Parme ici, fleure la violette.

JEAN, *ironique.*

Monsieur a déjeuné?

YVES

J'ai gobé ma boulette.

JEAN, *narquois.*

Nutritive? Je sais. C'est un déjeuner fin.

YVES

Oh! non, mais qui suffit...

JEAN

Pour qu'on meure de faim.

YVES

Tais-toi. Tu crois toujours, de mille ans en arrière,
Vivre au temps de Pépin le Bref ou de Fallière
Et qu'il se faut gorger, pour ne mourir de faim,
Deux ou trois fois le jour, de viandes et de vin,
Quand il suffit à qui vit « selon la formule »
De rien, de presque moins que rien : d'une pilule.
L'homme n'a plus le temps de manger aujourd'hui.
Il court, vole, s'agite...

JEAN

Et le vent le conduit.

Sonnerie du téléphone.

JEAN, *saisissant l'appareil*

Allô?

Après avoir écouté, à Yves.

C'est le patron, Monsieur, qui vous réclame.

YVES

Moi qui n'y pensais plus! Adieu.

Au moment où Yves s'apprête à entrer dans l'ascenseur, un appel de trompe retentit. Un aéroplane accoste; une jeune femme passe la tête à la portière.

SCÈNE V

JEAN, YVES, CHOCHOTTE

CHOCHOTTE, *à la portière de l'aéroplane.*

Monsieur?

YVES

Madame?

CHOCHOTTE

Monsieur le Bâtonnier, est-ce ici ?

YVES

C'est ici.

Voulez-vous accepter mon aide ?

Il s'avance et offre sa main à Chochotte qui saute sur la terrasse.

CHOCHOTTE

Elle est vêtue d'une ample fourrure et coiffée d'une toque d'où retombe un voile flottant.

Là, merci.

Pardon, Monsieur, il fait ce matin une brise,
Une brise qui pique aux yeux et qui défrise.
Voyez : je suis comme un cerf-volant échappé.
Monsieur le Bâtonnier ?...

YVES

Madame, est occupé.

JEAN

Hein ?

CHOCHOTTE

Quel ennui !

YVES

Mais, si ce n'est pas un mystère,
Vous pouvez me parler : je suis son secrétaire.
Jean, tu peux nous laisser.

JEAN

Bien.

A part.

Il ne lui manquait
Que cette occasion pour offrir son bouquet.

Il pénètre dans l'ascenseur qui descend.

CHOCHOTTE, *après un temps.*

La chose... la chose est délicate à l'extrême...

YVES

Parlez, Madame.

CHOCHOTTE

Enfin, je la dis tout de même.
Voici : j'ai dix-huit ans depuis avril passé ;
Ayant l'âge requis... alors... j'ai fait l'essai.

YVES, *doctoral.*

Dix-huit ans, dites-vous, dix-huit ans ? Le bel âge !
Vous fîtes donc l'essai... de quoi ?

CHOCHOTTE, *pudique.*

Du mariage.

YVES

J'y suis : article cent quarante-six nouveau :
« L'union entre époux n'est parfaite et ne vaut

» Que si, devant que soient les fiançailles closes,
» Tous deux ont fait l'essai loyal de toutes choses. »
Vous fîtes, de la loi goûtant les nouveaux fruits,
L'essai des jours futurs?

CHOCHOTTE, *de plus en plus pudique.*

Et des futures nuits.
Cette nouvelle loi, Monsieur, est si tentante!
Mais on est bien souvent trompé dans son attente.

YVES

Trompé? Cela dépend.

A part.

Ah! si c'eût été moi!...

CHOCHOTTE

L'essai! Rien qu'à ce mot, jugez de notre émoi!
Mais on a bientôt fait de nous chasser, comme Ève,
Du paradis, terrestre hélas! de notre rêve.

YVES

Oui, si le paradis n'est que terrestre, mais
Quand c'est un paradis divin...

CHOCHOTTE

L'est-il jamais?

YVES

Il l'est!... Sa porte d'or n'est fermée à personne :
Il suffit de trouver quelqu'un qui vous le donne.

Et c'est précisément en ceci que la loi
Se montre prévoyante aux gens de bonne foi.
Elle entend qu'une seule et vaine tentative
Ne puisse avec un seul être définitive
Et veut, pour que l'effort aboutisse au succès,
Qu'on sache, avec plusieurs, varier les essais.

CHOCHOTTE

Avec plusieurs?

YVES

         Sans doute, et c'est là le mérite
De la nouvelle loi dans nos codes écrite.
Elle consacre enfin votre droit au bonheur,
Puisqu'à bon escient vous donnez votre cœur.

Jadis on convolait par erreur ou par force
Et l'on gagnait ainsi l'enfer ou le divorce.
Rien de tel aujourd'hui, car on peut à loisir
Attendre, étudier, comparer et choisir.
Plus de mari trompeur ni de femme jalouse ;
On ne « s'établit » plus maintenant, on s'épouse.
Chacun, s'il en éprouve et compare beaucoup,
Finit bien par trouver une épouse à son goût
Et chacune l'époux vers lequel elle aspire ;
Tel, qui pour vous semblait devoir être le pire,
Comptera pour une autre au nombre des meilleurs,
Et tout est pour le mieux, Madame.

CHOCHOTTE, *rêveuse.*

Avec plusieurs !...

Revenant a elle.

Je pourrais donc ne pas lui demeurer fidèle?

YVES

Oui, l'*obligation* est *conditionnelle*
Et se résout *ipso facto*, dès le moment
Que n'est pas arrivé l'heureux événement.

CHOCHOTTE

L'événement ! Lequel?

YVES

L'amour, par l'harmonie
Des goûts aux goûts pareils, de l'âme à l'âme unie.

CHOCHOTTE

Ainsi je pourrai donc...

YVES, *insinuant.*

En rompant le contrat,
Tenter les doux hasards d'un essai moins ingrat...

CHOCHOTTE

Hier alors n'est plus que de l'ancienne histoire?

YVES

Mais la *condition*, quoique *résolutoire*,
Ne peut faire que soit ou repris ou rendu
Ce qu'a gagné chacun, ou ce qu'il a perdu.
Vous êtes libre.

CHOCHOTTE

Libre! Ah! que je suis heureuse!
Ma destinée était on ne peut plus affreuse.

YVES, *à part.*

Elle est charmante!

CHOCHOTTE

Enfin, je revois le soleil;
Je marche dans un ciel rasséréné, vermeil;
L'air pur que je respire à travers ma voilette
Est chargé de parfums exquis...

YVES, *à part.*

De violette...

Haut.

L'amour peut luire encor.

CHOCHOTTE

J'ai peur que non.

YVES

Que si !

Il est peut-être près, tout près de vous.

Il l'embrasse.

CHOCHOTTE, *avec effusion.*

Merci !

YVES

Du baiser?

CHOCHOTTE, *se ressaisissant.*

Non; merci du conseil. Je suis folle.
C'est la joie... Oh! Monsieur...

YVES

Pour un baiser qu'on vole,
Il ne faut pas crier au voleur.

Il l'embrasse de nouveau.

CHOCHOTTE

Oh! laissez!
Ces deux baisers, c'est trop!

YVES

Non, ce n'est pas assez,
Tous ceux qu'il vous a pris je voudrais vous les rendre,
Et j'en ai, sur le bord des lèvres, à revendre.

CHOCHOTTE

C'est fou! Vous me voyez pour la première fois.

YVES

Le nombre importe peu, puisqu'enfin je vous vois,
Que vous êtes jolie et belle et qu'à l'extrême,
Pour la première fois vous voyant, je vous aime.

CHOCHOTTE

C'est fou !

YVES

Voyez : mes yeux sont pleins de vos rayons.
Le coup de foudre !

CHOCHOTTE, *coquette.*

Alors ?...

YVES

On essaie ?

CHOCHOTTE

Essayons !

YVES

Vite, un aéroplane !

Il remonte en courant vers le fond de la scène.

CHOCHOTTE

Attendez...

YVES, *faisant des signes vers le ciel.*

Je le hèle.

Hep ?

CHOCHOTTE

C'est fou !

YVES, *se retournant.*

Votre nom ?

4

CHOCHOTTE

Chochotte.

YVES

Un vrai bruit d'aile
Ou de baisers. Déjà le nom est un bijou.

SCÈNE VI

YVES, CHOCHOTTE, Un Chauffeur.

Un aéroplane s'arrête au bord de la terrasse.

LE CHAUFFEUR

Voilà.

CHOCHOTTE, *à Yves.*

Vous m'enlevez?

YVES

Je t'enlève.

CHOCHOTTE

C'est fou!

Ils disparaissent dans l'aéroplane.

LE CHAUFFEUR

Où voulez-vous aller, vers quel point de la terre,
A Paris, à New-York, à Pékin?

YVES, *passant la tête à la portière.*

A Cythère!

L'aéroplane s'envole. Au même moment l'ascenseur monte.

SCÈNE VII

JEAN

JEAN

Il entre au moment où l'aéroplane disparaît.

Envolés, disparus, évaporés, plus rien!
J'aurais dû m'en douter. Fort bien, fort bien, fort bien!
Ils s'en seront allés, par delà l'atmosphère,
Voir de plus haut ou bien de plus près leur affaire.
L'air, ça creuse le cœur autant que l'estomac;
Dès l'instant qu'on se vit, on se plut, on s'aima;
Et l'on s'aime à présent! On s'aime, on s'aime comme
Jamais on ne s'aima depuis Ève et la pomme;
Un peu partout, sur terre, en l'air, à qui mieux mieux,
On s'aime nuit et jour, à toute heure, en tous lieux,
En vertu de la loi, pour voir si d'aventure
L'un pour l'autre on fut bien conçu par la Nature,
Et si l'on est, pour de légitimes accords
Qu'on ne conclut jamais, bien fait d'âme et de corps.
Aimez-vous, mes enfants, mais gare la culbute,
La belle, si ton cœur n'a pas de parachute,
Car, si l'on monte deux, souvent on tombe trois!...

Yvette sort de l'ascenseur sur ces derniers mots.

SCÈNE VIII

JEAN, YVETTE

YVETTE

Que marmottez-vous là?

JEAN, *interloqué.*

        Je compte sur mes doigts...
Je compte les dangers qu'à monter vers la lune
Vous courez de tomber un jour, et je dis : une,
Deux, trois. Agir ainsi, c'est vouloir son trépas.

YVETTE

Mais puisque je vous dis que l'on ne tombe pas!

JEAN

Ah! L'on ne tombe pas? Vous tomberez, vous dis-je;
Le mal est bientôt fait: il suffit d'un vertige.

YVETTE

Un vertige? Allons donc!

JEAN

        Je sais ce que je dis :
Vous ne tomberez pas deux fois, ni trois, mais dix.

YVETTE

Toute chute n'est pas, heureusement, mortelle.

JEAN

Certes, choir aujourd'hui n'est qu'une bagatelle,
Mais qui laisse, j'en ai mille cas pour témoins,
Quelque chose toujours ou de plus... ou de moins.
Le vertige vous prend, on s'enflamme, on se grise,
Et puis... tant va la cruche à l'eau qu'elle se brise.

YVETTE

Il suffit d'en savoir recoller les morceaux.

JEAN

Les hommes tels que moi, tout simplistes et sots
Qu'ils paraissent, ayant peu fréquenté l'école,
Savent qu'il est certains morceaux qu'on ne recolle,
Et que l'objet collé par l'art le plus adroit
Tend à se recasser sans cesse au même endroit.

YVETTE

Au lieu de maugréer, ne pourriez-vous m'apprendre
Pourquoi maître Yves, lui, tarde tant à se rendre ?
C'est étrange ; il est bien en retard aujourd'hui.

JEAN, *d'un air détaché.*

La *panne* ou le vertige !

On entend une sirène et des appels de trompe.

YVETTE

Ah ! c'est peut-être lui.

JEAN

J'en serais fort surpris et, si c'est lui, je gage
Qu'il aura mis beaucoup d'*avance à l'allumage*.

YVETTE

Il revient donc de loin ?

JEAN, *toujours d'un air détaché.*

                        Ce n'est pas le retour
Qui demande du temps...

YVETTE, *penchée sur la balustrade.*

                        C'est lui, c'est lui !

*Un aéroplane accoste. Yvette s'adressant à la personne qui est à l'intérieur et qu'elle
prend pour Yves.*

                                    Bonjour !

*Un monsieur descend de l'aéroplane, coiffé d'une casquette et drapé dans un ulster;
il a toutes les apparences d'un gentleman.*

Ce n'est pas lui !

SCÈNE IX

JEAN, YVETTE, FÉLIX, LE CHAUFFEUR

*Pendant toute la scène, l'aéroplane demeure rangé le long de la terrasse. Le chauffeur
somnole.*

FÉLIX, *s'inclinant devant Yvette.*

                    Je suis charmé de vous connaître,
Madame.

YVETTE

Vous pouvez, Monsieur, m'appeler « Maître ».

FÉLIX

Je suis donc enchanté, cher Maître, de vous voir.
Monsieur le Bâtonnier peut-il me recevoir?
Espérant qu'à cette heure il serait accessible,
Vers lui j'ai volé comme un trait vers une cible,
Et, tel qu'en ce léger et volage appareil
Vous me voyez, je viens lui demander conseil.
C'est urgent.

YVETTE

              Dans ce cas, si ce n'est un mystère,
Vous pouvez me parler : je suis son secrétaire.

FÉLIX

Fort bien ! Au bâtonnier je fais mon compliment
D'allier aussi bien la forme à l'argument.
Je surprends de son art l'habileté subtile:
Vous êtes, en plaidant, lui le fond, vous le style;
Lui parle à la raison, mais, pour la capter mieux,
Il vous laisse le soin de convaincre les yeux.

YVETTE, *piquée.*

Je sais aussi parler à la raison.

FÉLIX

                            Sans doute ;
Je l'entends bien ainsi. Donc, lorsqu'on vous écoute,
Comment votre argument serait-il pas vainqueur,
Les meilleures raisons étant celles du cœur ?

YVETTE

Comme vous parlez bien !

FÉLIX

Il le faut. Je m'entraîne,
Pour vous conter après la chose qui m'amène,

Car, cette chose, elle est scabreuse en certains points
Et j'en sais qui seraient scandalisés à moins.
Il me faudra, tramant sur maints faits une gaze,
Manier l'euphémisme avec la périphrase...

JEAN, *à part.*

Ça devient alléchant ; allons dans l'escalier
Ouïr sans qu'on nous voie. Ils sont fous à lier.

Il pénètre dans l'ascenseur.

FÉLIX, *à Yvette.*

Vous ne vous plaindrez pas que je vous prenne en traître?

JEAN

Là, descendons d'un cran, juste pour disparaître.
L'ascenseur descend.

YVETTE

J'attends.

FÉLIX

      J'hésite encore et ne sais pas du tout
Si je pourrai narrer la chose jusqu'au bout.

YVETTE, *offusquée.*

Vous riez-vous de moi?

FÉLIX

           C'est une histoire tendre,
Une affaire... d'amour.

YVETTE, *gravement.*

           Nous pouvons tout entendre.
Gardienne vigilante et pure de l'honneur,
La toge dans ses plis drape notre pudeur,
Et l'affaire, scabreuse et même libertine,
Ne peut pas plus souiller nos cœurs que notre hermine.

FÉLIX

De garder votre honneur la toge n'a besoin,
Puisqu'à le ménager je mettrai tout mon soin.

5

Or donc, l'article cent quarante-six du code,
Le connaissez-vous bien? C'est l'article à la mode;
Il tient lieu maintenant de tout, de flamme, d'air...

YVETTE

Certes, je le connais autant que mon *Pater* :
Contrat aléatoire, essai du mariage.

FÉLIX

Me direz-vous à quoi, s'il vous plaît, il engage?

YVETTE, *doctorale.*

A tout, si le hasard fortuné, qui les sert,
Entre les contractants révèle le concert.
A rien, si l'on acquiert la preuve nette et claire
Qu'on ne pourra jamais parvenir à se plaire.
Chacun d'apprécier est libre.

FÉLIX

                C'est parfait.
Pourtant j'en veux savoir, pour être satisfait,
Encor plus long, et, pour en savoir davantage,
Mon cher Maître, souffrez que j'emploie une image :
En quête de la fleur que j'aime, un beau matin,
Ainsi qu'un papillon j'entre dans un jardin;
Je crois la découvrir et, fraîchement éclose,
Je cueille avec amour sur sa tige une rose.
Hélas! dans son calice à peine ai-je trempé
Mes lèvres que mon cœur comprend qu'il s'est trompé.

Ce n'est ni la couleur ni le parfum qu'en rêve
J'ai cru voir et sentir... Et le charme s'achève.
A la fleur que j'ai prise au rameau nourricier
Que puis-je dire?

YVETTE

Adieu. Retournez au rosier.

FÉLIX

Oui, mais qu'adviendra-t-il si, dans sa hâte folle,
Ma main, en la cueillant, a froissé sa corolle?

YVETTE

La fleur, pour refleurir, attendra le printemps
Et les nouveaux baisers d'avrils moins inconstants.

FÉLIX, *insinuant.*

Ah! d'un baume divin vous me remplissez l'âme,
Car je ne l'aimais pas, cette fleur...

YVETTE

Cette femme.

FÉLIX

Je n'ai jamais si bien compris qu'en ce moment
Que je ne l'aimais pas, cette femme...

YVETTE

Vraiment?

FÉLIX, *de plus en plus insinuant.*

Ce faux amour n'était qu'un premier son de cloche
Qui tintait que l'amour véritable était proche.

YVETTE

Vraiment!

FÉLIX

Mes yeux ravis et mon cœur défaillant
Ne l'ont jamais compris si bien qu'en vous voyant.

YVETTE

De quel train vous allez! Y songez-vous?

FÉLIX

J'y songe.
La consultation, ce n'était qu'un mensonge.

YVETTE

Vous osez l'avouer?

FÉLIX

Je guette, nuit et jour,
Pour vous voir apparaître au haut de cette tour,
Et vous ne sentez pas que monte mon hommage...
Alors, las d'espérer...

L'ascenseur est remonté sur ces derniers mots.

JEAN, *montrant sa tête.*

L'avance à l'allumage!

FÉLIX

Et sentant que mon cœur ne pourrait oublier,
Je suis venu, je viens vous voir, vous supplier
De tenter...

YVETTE

Les hasards de l'article à la mode?

FÉLIX

Non, non, pas les hasards.

YVETTE

C'est, ma foi, très commode
De venir prudemment se renseigner d'abord,
Pour vous mieux rejeter après par-dessus bord!
Lorsque l'on a cueilli la fleur qui vient d'éclore,
On lui dit : « Espérez en la prochaine aurore
» Et les futurs baisers d'un avril plus constant;
» Ils feront refleurir notre cœur palpitant... »

FÉLIX

C'est vous qui l'avez dit.

YVETTE

Je l'ai dit, mais vous-même
Le pensiez.

FÉLIX

Le penser, alors que je vous aime!

YVETTE, *ironique.*

« Va, je me suis trompé, pauvre petite fleur,
» Ce n'est pas le parfum, ce n'est pas la couleur
» Que dans mon insomnie a convoités ma fièvre;
» J'ai compris seulement mon erreur quand ma lèvre,
» En respirant ton cœur virginal, l'eut flétri;
» Je retourne choisir au parterre fleuri. »

FÉLIX

C'est vous qui l'avez dit.

YVETTE

Hé! la belle sottise!
M'interrogiez-vous pas afin que je le dise?

JEAN, *passant la tête hors de l'ascenseur.*

La belle se défend. Qui sera le plus fin?

FÉLIX

Attendez pour juger de connaître la fin,
Car je n'ai pas fini. J'ai parlé de la rose,
Mais non de moi...

YVETTE

De vous?

FÉLIX

> De moi. C'est peu de chose?
Revenons au jardin: je suis le papillon...

YVETTE

Vous croyez voir la fleur aimée...

FÉLIX

> En un rayon!
Vers elle mon désir vole de feuille en feuille,
Mais la cruelle, hélas! ne veut pas qu'on la cueille
Et reste fièrement sur le rameau vainqueur,
Après m'avoir planté ses épines au cœur.
Que ferai-je à mon tour?

YVETTE

> Vous guérirez comme elle.

FÉLIX

Le soleil ne peut pas faire refleurir l'aile
Comme il fait, chaque avril, refleurir l'églantier:
La fleur meurt à demi, l'insecte tout entier.

YVETTE

Qu'est-ce qui vous le fait affirmer de la sorte?

FÉLIX

Le rameau vit encor, la chrysalide est morte.
Vous vivrez... Je mourrai!

YVETTE

Votre raisonnement,
De la base au sommet, pèche adorablement ;
Et vous parlez si bien que la fleur sur sa tige
Eut tort de demeurer...

JEAN

Maintenant, le vertige !
Avant une minute elle va défaillir !

FÉLIX, *avec passion.*

Vous consentiriez donc à vous laisser cueillir ?

YVETTE

Un instant !.. Savez-vous ce que je suis en somme ?
En endossant l'état avec l'habit de l'homme,
J'ai cessé d'être femme et n'ai plus que le nom
De mes anciennes sœurs...

FÉLIX

Ah ! je jure que non !

YVETTE

Moi, je jure que si.

FÉLIX

Moi, c'est non que je jure.

YVETTE

Je le sais mieux que vous.

FÉLIX

Faisons une gageure.

YVETTE

J'y consens.

FÉLIX

Et le prix?

YVETTE

Le prix sera ma main.

FÉLIX

J'aurai gagné le prix avant qu'il soit demain.

YVETTE

Oh! soyez un peu plus modeste, je vous prie.

JEAN, *passant la tête hors de l'ascenseur.*

Moi, c'est pour le monsieur qu'à coup sûr je parie.

FÉLIX

Le contrat qui nous lie est signé, n'est-ce pas?

6

YVETTE

J'appose mon paraphe avec le vôtre au bas.

FÉLIX

Si vous avez encor cet émoi qui s'étonne,
Cet effarouchement heureux qui s'abandonne
Et qui demande grâce, et craint de l'obtenir...

YVETTE

Mon présent est à vous et tout mon avenir.
Mais je suis bien tranquille.

FÉLIX

                        Ah! partons!

YVETTE

                                    Pas si vite.

FÉLIX

De tout son bleu l'azur à partir nous invite.

YVETTE, *hésitante.*

Mais rien qu'une heure... rien...

FÉLIX

                            Rien qu'un petit moment.

YVETTE

Seulement, pour causer?

FÉLIX

Pour causer seulement.

YVETTE

Eh! bien, je pars!

FÉLIX, *l'entraînant vers l'ascenseur.*

Venez, l'heure fuit, le temps presse.
Ah! cher Maître!

JEAN

Tu peux, va, l'appeler « Maîtresse ».

FÉLIX

Sur mes lèvres déjà je sens un goût de miel.
Yvette monte dans l'aéroplane.

LE CHAUFFEUR, *se réveillant, à Félix qui est resté sur la terrasse.*

Jusqu'où Monsieur veut-il que j'aille?

FÉLIX

Jusqu'au ciel!
Félix entre à son tour dans l'aéroplane qui s'envole.

SCÈNE X

JEAN, puis LE BATONNIER

JEAN, sortant de l'ascenseur.

J'ai gagné mon pari.

Sonnerie du téléphone.

Le bâtonnier qui sonne!

Parlant à l'appareil dont il s'est approché.

Maître Yves?... Maître Yvette?... Ici?... Non, non, personne.

Au public.

L'orage monte; ni confrère, ni *consœur*...
Pour recevoir le choc, envoyons l'ascenseur.

Il appuie sur le bouton, l'ascenseur descend.

Vous ne tomberez pas deux fois ni trois, vous dis-je,
Mais dix et vingt et cent. Il suffit d'un vertige,

L'ascenseur remonte, le bâtonnier apparaît.

SCÈNE XI

JEAN, LE BATONNIER

LE BATONNIER

Jean, Jean?

JEAN

Monsieur?

LE BATONNIER

Voici qui passe la raison :
La foule des clients envahit ma maison,
Et personne, entends-tu...

JEAN

Que Monsieur ne s'emporte.
Par où sont-ils entrés, ces clients?

LE BATONNIER, *furieux.*

Par la porte.

JEAN

Par la porte! Ah! Monsieur, ce sont des gens de rien.

LE BATONNIER

Pour entrer autrement connais-tu le moyen?

JEAN

On entre par les toits, quand...

LE BATONNIER

Assez de mystères.
Réponds-moi sur-le-champ: où sont mes secrétaires?

JEAN

Monsieur, je ne sais pas.

LE BATONNIER

Tu devrais le savoir.

JEAN

Cependant...

LE BATONNIER

As-tu donc des yeux pour ne rien voir?

Où sont–ils? Au Japon? En Chine? A Pampelune?
Réponds... Dans le soleil?

JEAN

    Peut-être dans la lune!

RIDEAU

DEUXIÈME TABLEAU

Même décor que dans le tableau précédent, la nuit.
Au début de la scène, la terrasse est plongée dans les ténèbres ; le jour ne se fait que plus tard, produit par une lampe électrique placée au-dessus de l'ascenseur.
Au lever du rideau, minuit sonne aux clochers d'alentour.

SCÈNE I

YVETTE, LE CHAUFFEUR

Un aéroplane, une lanterne à l'avant, apparaît et vient se ranger le long de la balustrade, quand le dernier coup de minuit a sonné.

LE CHAUFFEUR, *depuis son siège.*

Je crois que c'est ici. Diables de numéros !
Dans le noir on ne voit partout que des zéros.

YVETTE, *depuis l'aéroplane.*

C'est ici ! C'est ici !

LE CHAUFFEUR

Pardon, il fait si terne,
La lune n'ayant pas allumé sa lanterne,
Qu'on n'y voit que du feu.

7

YVETTE, *descendant de l'aéroplane.*

                J'ai reconnu la tour ;
C'est ici.

LE CHAUFFEUR

    Si le cœur disait de faire un tour
A Madame...

YVETTE

    Merci, non.

LE CHAUFFEUR

      Après sa visite...

YVETTE

Non, non.

LE CHAUFFEUR

      Aux environs il est plus d'un beau site,
Et qu'il faut voir surtout pendant la nuit.

YVETTE

                  Merci.

LE CHAUFFEUR, *énumérant.*

Le bassin d'Arcachon : c'est à deux pas d'ici.
Les passes, l'Océan et ses dunes prochaines ;
Mouleau, forêt de pins ; Taussat, forêt de chênes.

YVETTE, *gênée.*

Non.

LE CHAUFFEUR

Saint-Georges, Soulac, Le Verdon et Royan.

YVETTE

Je les reconnaîtrais trop bien en les voyant.

LE CHAUFFEUR

Cordouan, d'où l'on voit le golfe et l'embouchure.

YVETTE, *impatientée.*

Je connais tout cela mieux que vous, je vous jure.
Merci.

LE CHAUFFEUR

Plus près encor, la lande de Pessac,
Lormont, Le Carbon-Blanc...

YVETTE

Non.

LE CHAUFFEUR

Les ponts de Cubzac :
Quand on plane au-dessus et que l'on se retourne,
On voit le Bec-d'Ambès, Bordeaux, Blaye et Libourne.

YVETTE

Cet homme ne sait pas comme il me fait souffrir!

LE CHAUFFEUR

Pour vous tenter que puis-je encore vous offrir?

YVETTE, *sèchement.*

Rien!

LE CHAUFFEUR, *narquois.*

Monsieur, beau garçon, noble, avec ou sans tache,
Désirant faire essais?

YVETTE

A la fin, je me fâche,
Et si j'entends encor le son de votre voix,
J'appelle.

LE CHAUFFEUR, *s'envolant.*

Ce sera pour la prochaine fois.

SCÈNE II

YVETTE

YVETTE

L'insolent! Il semblait qu'il lût sur mon visage
Que depuis aujourd'hui j'ai cessé d'être sage.
Pour les hommes nos cœurs sont des livres ouverts...
Mais y savent-ils lire autrement qu'à l'envers?
Savent-ils?... C'est pourtant vers l'un d'eux que m'attire
Irrésistiblement le besoin de tout dire...

Oui, je lui dirai tout, comme au père, à l'aïeul,
Au confesseur. Je lui dirai tout; à lui seul
Je puis encor parler sans me voiler la face
Et lui seul me dira ce qu'il faut que je fasse.
Aux pénitents honteux minuit est opportun :
Il entend leur aveu, mais sans le voir.

Elle se dirige vers l'ascenseur. Au moment où elle va sonner, brusque appel de trompe.
Un aéroplane accoste.

Quelqu'un !

SCÈNE III

YVES, UN CHAUFFEUR, YVETTE (silencieuse).

YVES, *qui est descendu de l'aéroplane.*

Au chauffeur.

Discrétion !

LE CHAUFFEUR

N'ayez aucune inquiétude :
Je suis muet, Monsieur, comme une solitude.

YVES

Aveugle ?

LE CHAUFFEUR

De naissance.

YVES

Et sourd ?

LE CHAUFFEUR

                                        Sourd à l'égal
D'un juge après dîner siégeant au tribunal.

YVES

Vous devez être, alors, encore plus sourd qu'aveugle.

LE CHAUFFEUR

Sourd à n'entendre pas « le monstre », quand il beugle,
Βοώντος, comme dit Eschine.

YVES, *stupéfait*.

                                        Ah! vous savez?...

LE CHAUFFEUR

Si je sais?...

YVES, *s'exclamant*.

Βοώντος?

LE CHAUFFEUR

                                        Est-ce que vous rêvez?

YVES

Non, je ne rêve pas, mais demeure stupide
De vous ouïr parler la langue d'Euripide.

LE CHAUFFEUR

A l'emploi de chauffeur vous semblez oublier
Que nul n'est plus admis sans être bachelier.

YVES

Au baccalauréat joignez donc la... licence
D'aller voir dans le ciel si j'y suis... Et, silence!

LE CHAUFFEUR, *s'envolant.*

Vous pouvez y compter... βοῶντος !

YVES

Au revoir.

SCÈNE IV

YVES, YVETTE

YVES

Voyez où maintenant va nicher le savoir!
Après avoir fait quelques pas.
Ah! Je suis étourdi. Vraiment, cette Chochotte
A tout le bataillon des diables à la botte.
Ayant trop combattu, j'aspire à désarmer
Et je ne me sens plus la force de l'aimer.
Dieu veuille, en attendant, qu'en cette nuit obscure
Je découvre aussi tôt le trou de ma serrure
Que je sus découvrir le chemin de son cœur...
Il regarde à droite et à gauche.

YVETTE, *à part.*

Peut-être l'autre a-t-il ce même ton moqueur,
Quand il parle de moi?

YVES

Mais, quoi!... cette terrasse...

Et cette balustrade...

En marchant il se heurte à l'oranger.

Et ce tronc que j'embrasse...

J'y suis bien! Cupidon me jouerait-il le tour

De me faire passer la nuit sur cette tour,

Jusqu'à l'humide éveil de l'aurore nouvelle?

Tout s'explique : Chochotte a brouillé ma cervelle.
Lorsque j'eus pris son cœur... et refusé sa main,
Je criai : « Revenez par le même chemin, »
Au chauffeur, en passant la tête à la portière;
Et le chauffeur docile a fait route en arrière
Jusqu'à l'endroit précis où, nous prenant au sol,
Il nous avait tous deux emportés dans son vol.
La tour du Bâtonnier!

Il avance et se heurte à Yvette.

                    Qu'est-ce encor que j'effleure?
Un jupon!

Reconnaissant Yvette.

                    Vous! Yvette! ici, vous! à cette heure!

                    YVETTE

Je partage, mon cher, tout votre étonnement
De vous y rencontrer dans le même moment.
Pourquoi vous et non moi?

                    YVES

                    Moi, c'est tout autre chose :
Un homme peut oser ce qu'une femme n'ose;
L'un et l'autre, à minuit, quand les cieux sont déserts,
N'ont pas mêmes raisons de flâner par les airs.
Mais, pardon, j'oubliais que vous n'êtes plus femme...

                    YVETTE

Qui vous a dit cela? Je le suis.

                                        8

YVES

Sur mon âme,
En voici du nouveau, du rare, du subtil!

YVETTE

Je venais consulter le Bâtonnier.

YVES

Plaît-il?
Un conseil, à minuit? Allons, pas de mystère,
Vous pouvez me parler : je suis son secrétaire.

YVETTE

Non, non, pas vous.

YVES

Pas moi? L'injurieux soupçon!
Vous m'offensez.

YVETTE

Je viens chercher une leçon...

YVES

De droit? Je suis docteur.

YVETTE

Sur vos tempes arides
Le temps n'a pas encor assez creusé de rides,

Ni mis assez de fils d'argent dans vos cheveux
Pour que vous me donniez là leçon que je veux.

YVES

Mathusalem est mort, et c'est bien grand dommage.
Quel conseil il eût pu vous donner, à son âge!
Sans compter que j'entends par « son âge » celui
Que, s'il n'était pas mort, il aurait aujourd'hui.

YVETTE

C'est mal de me railler quand je suis malheureuse.

YVES

Un malheur? Je comprends : vous êtes amoureuse.
Je le lis dans vos yeux.

YVETTE

Non, non, il fait trop noir
Et dans mes yeux, mon cher, vous ne pouvez rien voir.

YVES

Trop noir?... Lorsque la nuit a déplié ses voiles,
Plus le ciel est obscur, mieux on voit les étoiles.

YVETTE, *sur un ton de reproche.*

Enjôleur!... Vous aussi?

YVES

Vous dites « vous aussi »?
C'est donc qu'un autre dut vous enjôler ainsi?

Amoureuse? cela se devine à la moue
Qui creuse une fossette au coin de votre joue.
Sitôt que je vous vis, sitôt je le pensai ;
J'ai même deviné...

YVETTE, *inquiète.*

Deviné quoi?...

YVES

L'essai!

YVETTE

Taisez-vous, taisez-vous ! n'est-ce pas, c'est infâme!...
J'avais fait le pari que je n'étais plus femme,
Et j'ai perdu.

YVES

Prenez un air plus résigné :
Le malheur eût été que vous eussiez gagné.
Ce doit être si bon d'être femme et jolie!
Vouloir ne l'être plus, quand on l'est, c'est folie.

YVETTE, *dans une exclamation d'envie.*

Être homme !

YVES

Quel démon ridicule conduit
Hors de la vérité les femmes d'aujourd'hui?
Au sincère cristal des miroirs et de l'onde
Ne mirent-elles plus leur beauté brune ou blonde

Que, ne s'admirant plus pour nous mieux contempler,
Elles n'aient qu'un désir, un seul : nous ressembler,
Et, pour le vain orgueil de paraître des hommes,
Troquer ce qu'elles sont contre ce que nous sommes!

YVETTE

Chacun devrait pouvoir être ce qu'il lui plaît.

YVES

Non, ma chère, chacun doit être ce qu'il est.
Vous, qui faites du droit ou de la médecine,
Regardez donc enfin le geste que dessine
Votre bras pur de lis et de roses fleuri,
Quand il brandit le code ou bien le bistouri!
Ce geste qui vous fait moins femmes et moins belles,
A quoi sert-il, sinon à mettre en nos prunelles
Ce sourire qu'auraient vos doux yeux étonnés
En nous voyant offrir le sein aux nouveau-nés?

YVETTE

Le geste est différent, mais la tête est la même;
Nous pensons comme vous.

YVES

           A la rigueur extrême,
On pourrait s'incliner devant votre argument
Si l'on considérait la tête seulement...
Mais le cœur...

Sur ces derniers mots on voit l'ascenseur monter lentement.

YVETTE

Taisez-vous, ah! taisez-vous! Il monte...

YVES

Qui?

YVETTE

L'ascenseur... voyez, voyez!... Je meurs de honte...
Si c'était lui!

La lampe de l'ascenseur s'allume.

Mon Dieu!... La lumière!... Il fait jour!
Fuyez!

YVES

Fuir, quand on est au sommet d'une tour?

YVETTE, *le poussant derrière la caisse d'oranger.*

Derrière l'oranger, cachez-vous... là... Je tremble
En songeant qu'il pourrait ici nous voir ensemble,
A minuit!

Elle s'adosse, anxieuse, à la balustrade.

YVES, *à travers les branches de l'oranger.*

Calmez-vous. Si ce n'était que Jean.....

L'ascenseur s'arrête; la porte s'ouvre : le Bâtonnier paraît.

SCÈNE V

YVETTE, YVES, LE BATONNIER

YVETTE

Plus un mot, rien, plus rien!

LE BATONNIER

C'est l'instant indulgent,
Où, délaissant Sirey, Dalloz et Demolombe,
On peut enfin goûter la paix des nuits qui tombe;
Où l'esprit, semble-t-il, n'est plus le prisonnier
De son corps et s'enfuit...

YVETTE, *timidement.*

Monsieur le Bâtonnier?.....

LE BATONNIER

Oui, s'enfuit loin, très loin de l'écorce mortelle...

YVETTE, *un peu plus fort.*

Monsieur le Bâtonnier?...

LE BATONNIER

Holà! qui donc m'appelle?

Il se retourne et reconnaît Yvette.

Vous, Yvette? c'est vous! Hé! quel événement
Vous conduit, à cette heure, ici?

YVETTE, *hésitante.*

                              Le dévouement.

    A part.
Je n'ose plus.

LE BATONNIER

    Comment avez-vous dit?

                    YVETTE

                        Le zèle
Qu'à son maître témoigne un disciple fidèle.
Je passais et, sachant que vous travaillez tard,
Pour vous aider... je suis venue... à tout hasard.

LE BATONNIER

Ce zèle vous met-il tant de rouge au visage?

                    YVETTE

J'ai couru pour venir et c'est là, je présage,
Ce qui m'a fait rougir... On rougit quand on court...
Et puis il fait si chaud et le temps est si lourd!

LE BATONNIER

Pourquoi vos yeux ont-ils comme un voile de brume?

            YVETTE, *decontenancée.*
C'est le froid.

        LE BATONNIER
    Non: le chaud.

YVES, *invisible et à part.*

Chaud et froid : je m'enrhume.
Je vais éternuer.

LE BATONNIER

Vous disiez à l'instant
Qu'il faisait chaud; il faut s'entendre cependant.

YVETTE, *tout à fait troublée.*

Qu'ai-je dit? Oh! pardon, Monsieur, je déraisonne.

YVES, *éternuant.*

Atchum!

LE BATONNIER

Qu'est-ce? Quelqu'un!

YVETTE, *affolée.*

Non, il n'y a personne.
C'est la brise qui fait ce bruit en se levant.

LE BATONNIER

Depuis quand entend-on éternuer le vent?
Je serais curieux, si ce bruit continue,
De voir de près comment le zéphyr éternue,
Et je m'en vais partout fureter avec soin.

Il inspecte les coins et recoins de la terrasse.

Ici rien... et rien là... rien non plus dans ce coin...

Ah! certes, ce n'est point une petite tâche
De découvrir dans l'ombre un zéphyr qui se cache.

YVETTE

A part.

Que faire?

Haut.

C'est un bruit nocturne... un grincement.

LE BATONNIER

J'ai fort bien entendu : c'est un éternuement.
Or, il n'existe pas...

YVES, *éternuant de nouveau*

Atchum !

LE BATONNIER, *montrant l'endroit d'où est parti le bruit.*

...D'effets sans causes,
Et ce pot d'oranger cache le pot-aux-roses.

Il se dirige vers l'oranger et se trouve face à face avec Yves qui sort de sa cachette.

Tiens, tiens! Yves!... Pardon, cher, de vous déranger.
Vous respiriez l'air frais?

YVES, *montrant l'arbuste.*

Et la fleur d'oranger.

LE BATONNIER

Je m'en doutais un peu; mais cette fleur si blanche
Tombe, vous le savez, dès qu'on frôle la branche,

Et vous frôlâtes tant les branches, de la main,
Qu'elles n'ont plus de fleurs et qu'au jour de l'hymen
Yvette n'y pourra cueillir, selon l'usage,
Le plus petit bouquet pour mettre à son corsage.

YVETTE

Excusez-moi, Monsieur, mais, si j'ai bien compris...

LE BATONNIER

On vous frôlait, hélas!... quand je vous ai surpris.

YVETTE

Je vous jure, Monsieur... notre conduite est pure.

LE BATONNIER, *moitié serieux, moitié riant.*

Morbleu! Prenez-vous donc ma maison pour Suburre,
Que, semblables aux chats, la nuit, en tapinois,
Vous veniez vous conter fleurette sur mes toits,
Et faire, jusqu'à l'heure où chante l'alouette,
Au vent de vos soupirs tourner ma girouette?

YVETTE

Je jure...

LE BATONNIER

Vous pouvez jurer jusqu'à demain:
Je sais ce que je sais et je mettrais ma main
Au feu que ce n'est pas pour veiller sur mon somme
Que vous, ô jeune fille, et que vous, ô jeune homme,

En pleine nuit, chez moi, venez prendre le frais,
Et que vous vous cachez sitôt que je parais.

YVES

Je ne me cachais point.

LE BATONNIER

Ah! le diable m'emporte!...

YVES

Je tâtonnais afin de découvrir... la porte.

YVETTE, *saisissant cette explication au vol.*

Oui, oui, la porte, et, quand vous vîntes à l'ouvrir,
Il allait justement, enfin, la découvrir.

YVES

Quand il fait aussi noir, que voulez-vous qu'on fasse?

LE BATONNIER, *ironique.*

Il était, je le vois, grand temps que j'arrivasse.

A Yvette.

Votre premier essai date donc d'aujourd'hui ?

YVETTE, *confuse.*

Oui, Monsieur, le premier, oui...

Montrant Yves.

Mais ce n'est pas lui...

LE BATONNIER

Comment? Ce n'est pas lui?

YVES

Monsieur, ce n'est pas elle...

LE BATONNIER, *empêchant d'un geste Yves et Yvette d'achever.*

Je vous comprends. Au fond, la chose est naturelle :
Si peu que de l'honneur il pratique la loi,
Chacun, en pareil cas, prend la faute pour soi,
Et ce beau sentiment permet la conjecture
D'un sage dénouement à la folle aventure.

YVETTE

J'éprouve un embarras à nul autre pareil :
Je viens vers vous afin de demander conseil;
Je n'ose pas parler d'abord et, quand je l'ose,
Vous ne permettez plus que je dise la chose...

LE BATONNIER, *brusquement.*

Vous voulez mon avis? Le voici, sans façon :
Yvette est belle fille, Yves joli garçon,
Tous les deux ont le cœur loyal et l'âme haute;
Il leur est donc aisé de réparer la faute,
Et, pour la réparer, je ne sais qu'un moyen...

YVES et YVETTE, *ensemble.*

Lequel?

LE BATONNIER

D'un nœud légal attacher le lien,
Et s'épouser.

YVES et YVETTE, *ensemble.*

Grands dieux!

LE BATONNIER

En signe d'alliance,
Mes enfants, donnez-moi vos mains : je vous fiance.

YVETTE

Laissez-moi réfléchir.

YVES

Ne pourriez-vous surseoir?

LE BATONNIER

La sentence est rendue. Et maintenant, bonsoir.

Il se dirige vers l'ascenseur qui monte à ce même moment et d'où Jean sort.

SCÈNE VI

YVETTE, YVES, LE BATONNIER, JEAN, puis FÉLIX et CHOCHOTTE.

JEAN, *au bâtonnier.*

Monsieur, c'est un monsieur qu'une dame accompagne.

LE BATONNIER

Après minuit? Dis-leur qu'ils battent la campagne,
Qu'on ne dérange pas à cette heure les gens.

JEAN

Ils viennent, disent-ils, pour des cas très urgents.
A part.

Je sens qu'un coup de temps dans les airs se mijote.

Félix et Chochotte sortent de l'ascenseur.

FÉLIX

Pardon, Maître.

YVETTE, *à part, sursautant.*

Félix!

CHOCHOTTE

Bonsoir, Monsieur.

YVES, *à part, de même.*

Chochotte!

Faisons-nous tout petits.

Yves et Yvette disparaissent, comme s'ils s'enfonçaient dans l'ouverture d'une trappe.

LE BATONNIER, *à Félix et à Chochotte.*

Morbleu! Vous êtes fous?

FÉLIX, *interloqué.*

Il s'agit d'un essai...

LE BATONNIER

Hé bien! mariez-vous.

CHOCHOTTE, *montrant Félix.*

Tous les deux?

LE BATONNIER

Pourquoi non?

FÉLIX, *montrant Chochotte.*

C'est que... ce n'est pas elle...

CHOCHOTTE, *montrant Félix.*

Ce n'est pas lui non plus...

LE BATONNIER

Encor la ritournelle!

FÉLIX

Ici le hasard seul ensemble nous conduit.

CHOCHOTTE

Nous ne nous connaissons même pas d'aujourd'hui,
Montrant Félix.
Et je n'aime pas plus ce monsieur qu'il ne m'aime.

FÉLIX

Nous ne nous aimons pas.

LE BATONNIER, *impatienté.*

Mariez-vous quand même.

FÉLIX

L'avis est bref.

10

LE BATONNIER

Ce sont les plus brefs les meilleurs.

CHOCHOTTE, *A part.*

Après tout, puisqu'il faut en essayer plusieurs...
Haut, à Félix.
Dites, qu'en pensez-vous, Monsieur?

FÉLIX

                          Mon Dieu, ma chère,
Je pense qu'on ne doit rien faire à la légère
Et puisque l'oreiller, dit-on, porte conseil,
Allons le consulter : nous verrons au réveil.

CHOCHOTTE, *à part.*

C'est le meilleur moyen de distraire ma peine.

FÉLIX, *à part.*

Je ne peux laisser fuir une semblable aubaine;
Le mieux est pour l'instant, d'en bénéficier.
Haut, au bâtonnier.
Il nous reste, cher Maître, à vous remercier.
Félix et Chochotte s'inclinent et pénètrent dans l'ascenseur qui descend.

SCÈNE VII

LE BATONNIER, YVES, YVETTE, JEAN

YVÉS, *remontant du sous-sol avec Yvette.*

Ils sont partis : on peut sortir de sa cachette.

YVETTE

Yves, qu'en pensez-vous?

YVES

Qu'en pensez-vous, Yvette?

YVETTE

Moi, depuis que je sais qu'un cœur de femme bat
Sous la blancheur du lin plissé de mon rabat,
Des honneurs masculins je ne suis plus jalouse;
J'aspire à devenir une fidèle épouse,
Et puisqu'enfin, au gré d'un hasard opportun,
Il faudra tôt ou tard que je sois à quelqu'un,
Je ne vois pas pourquoi je ne serais point vôtre.

YVES

Par Dieu! vous en parlez à votre aise... mais l'autre...
L'essayeur!

YVETTE

Ses baisers n'ont fait subir d'affront
Qu'à la virginité banale de mon front,

Cette virginité qu'en entrant dans la vie
Nous nous voyons déjà par cent lèvres ravie
Et que nous achevons de perdre jusqu'au jour
Où vient, un peu plus bas, nous embrasser l'amour.

YVES

Souffrez qu'un peu plus bas, alors, je vous embrasse.

YVETTE

C'est donc l'amour?

YVES

C'est lui, l'amour, et j'en rends grâce
Au hasard, car cette aube amoureuse, sans lui,
Peut-être en notre ciel n'eût-elle jamais lui.

YVETTE

Mais, pour que l'union entre époux soit valable,
La loi nouvelle impose un essai préalable,
Et son commandement sur ce point est exprès.

YVES

Marions-nous d'abord, nous essaierons après.

YVETTE, *chantant sur l'air connu.*

Gai, gai, marions-nous...

LE BATONNIER

Jean, Jean?

JEAN

> Monsieur m'appelle?

LE BATONNIER

Viens çà que je t'annonce une grande nouvelle :
Yvette se marie avec Yves, et leur ban
Doit être publié dès demain.

JEAN

> Dioû biban !

Ce dénoucment, Monsieur, est de l'enfantillage.
Rien ne faisait prévoir un pareil mariage
Qui d'ailleurs, laissez-moi vous le dire tout bas,
Et ne peut pas se faire et ne se fera pas.

YVES

Pourquoi ?

JEAN

Pour la raison bien simple que vous n'êtes,
Que nous ne sommes tous que des marionnettes !

RIDEAU

ACHEVÉ D'IMPRIMER
LE V AOUT M.DCCCC.IX

IMPRIMERIE G. GOUNOUILHOU.

G. CHAPON, *directeur.*

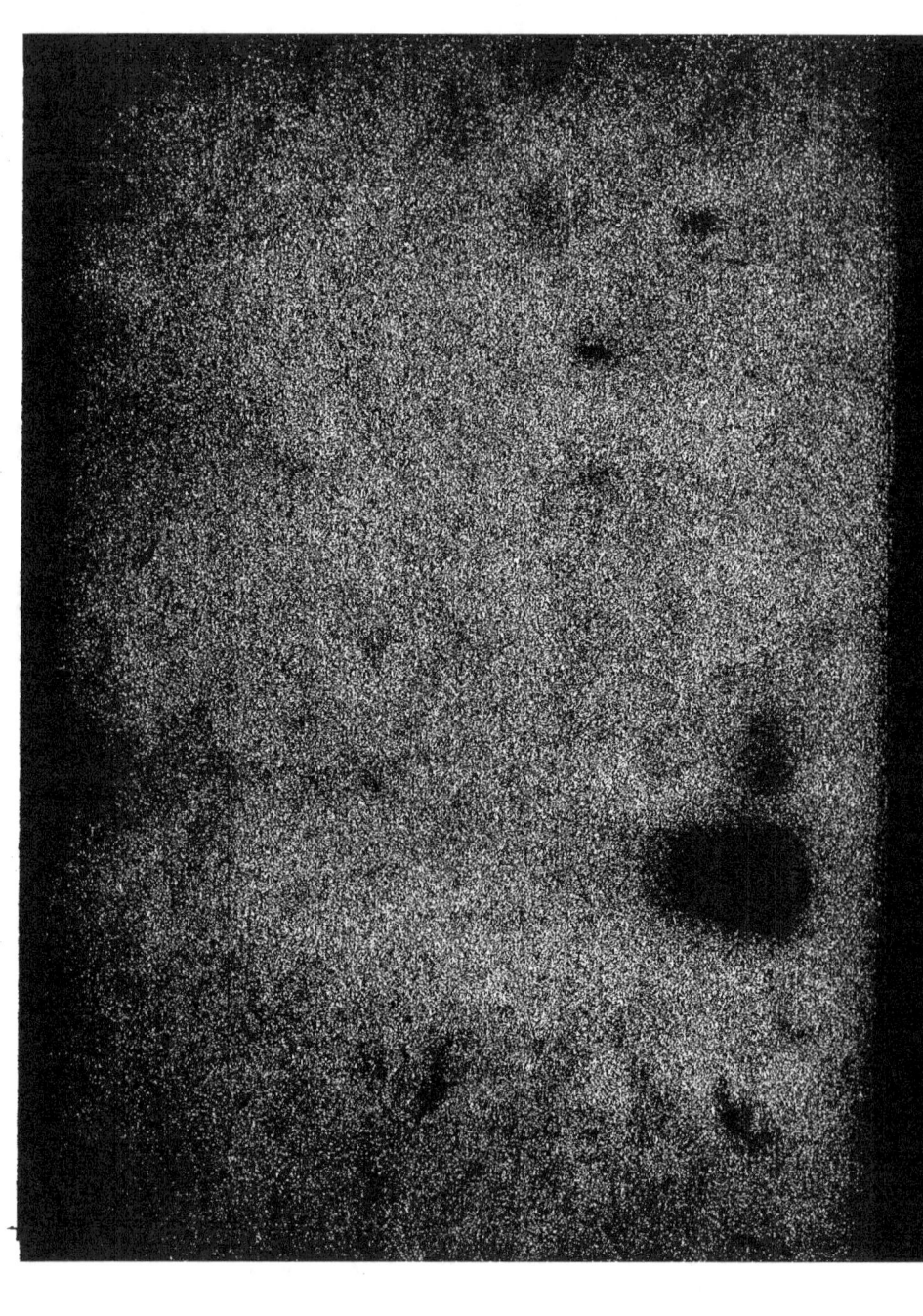

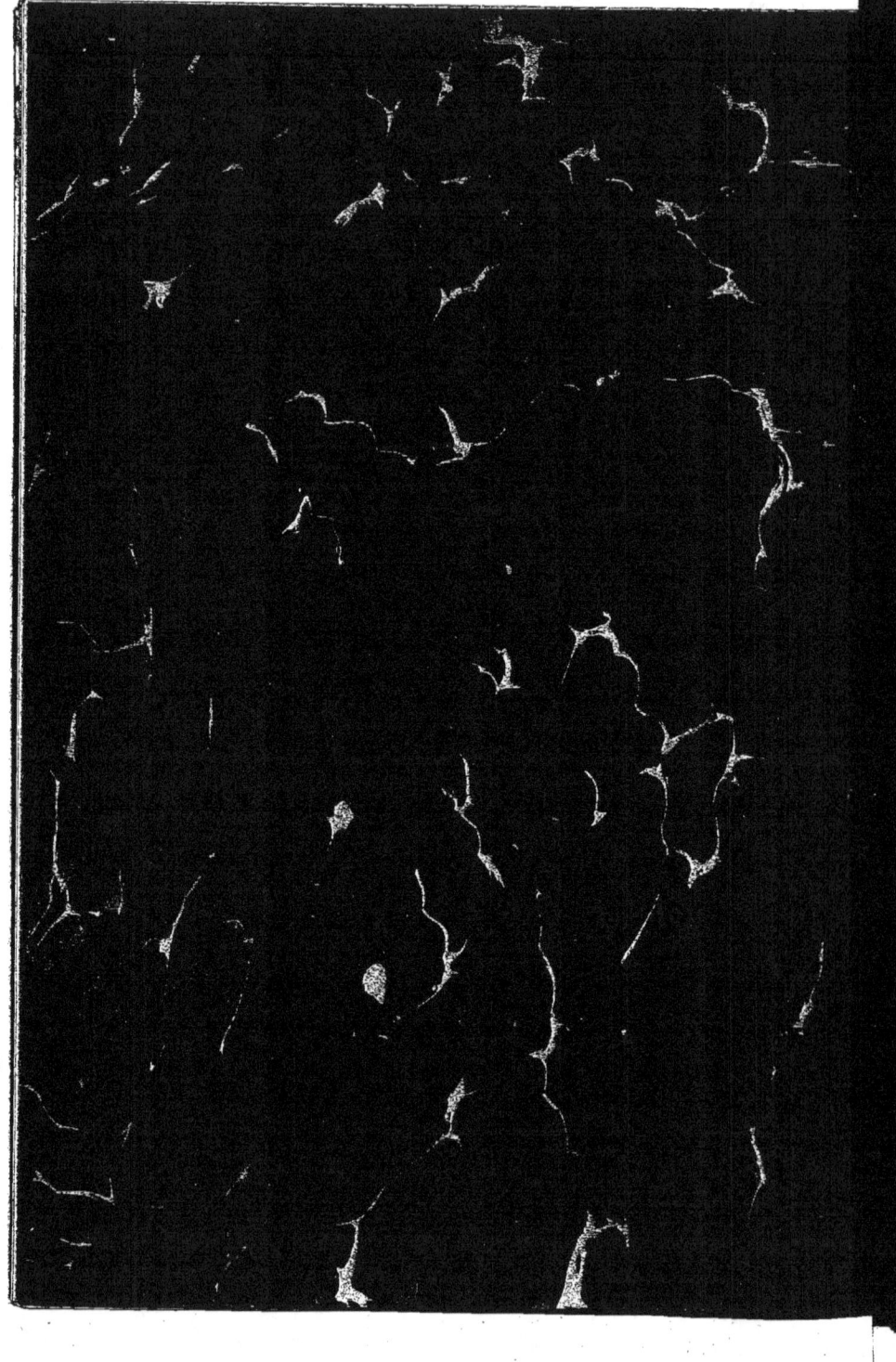

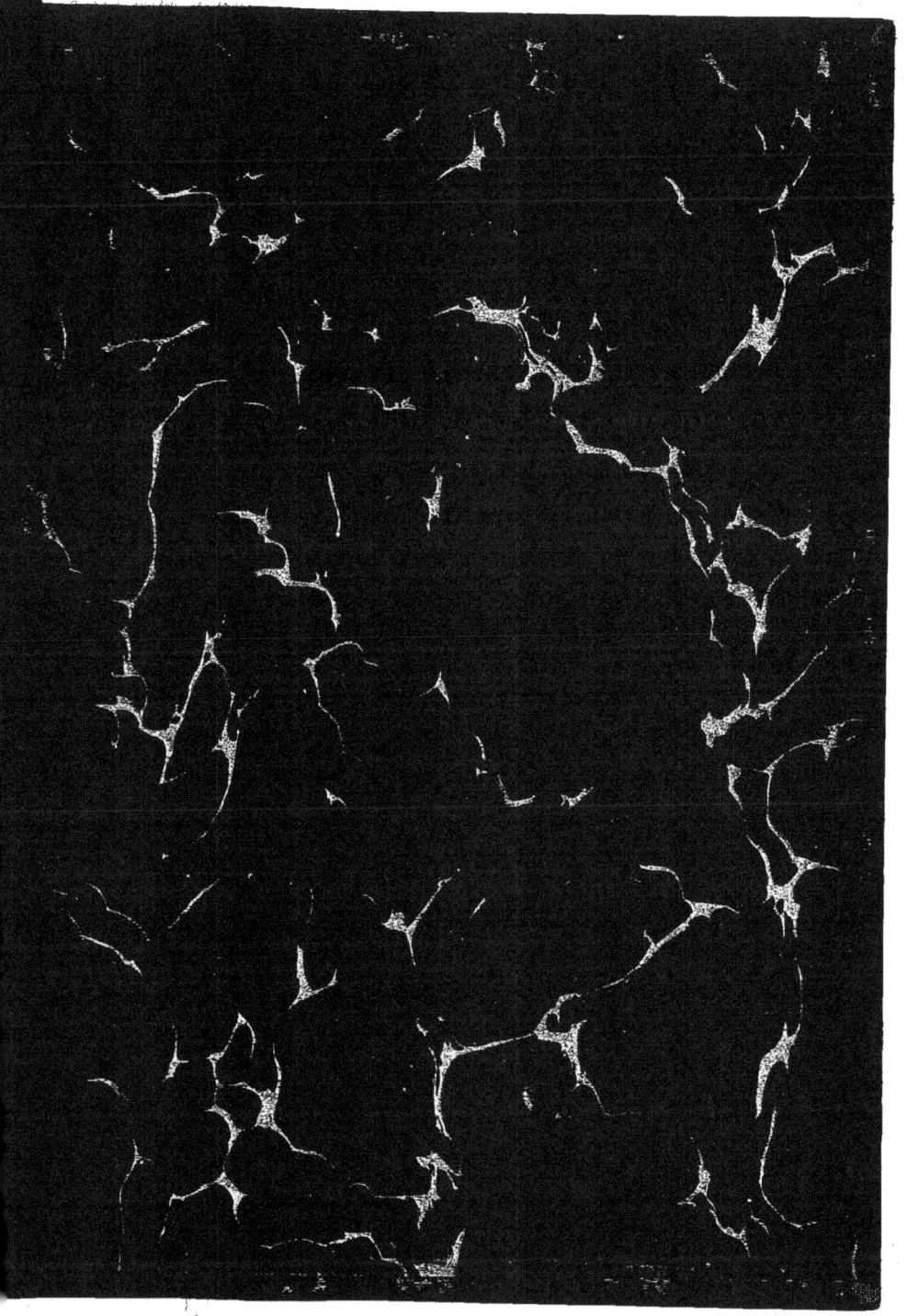

www.ingramcontent.com/pod-product-compliance
Lightning Source LLC
Chambersburg PA
CBHW060444260626
47161CB00005B/2059